どんちきトーク

竹村　唯

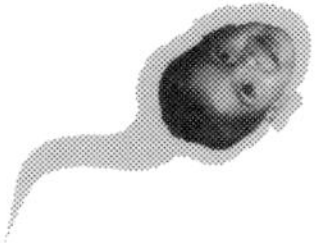

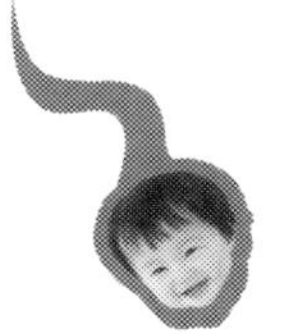

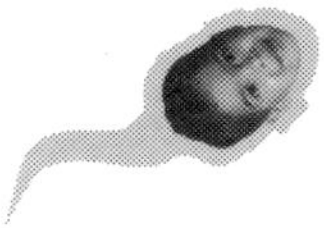

文芸社

昔　思ったけど

昔　思ったけどわからなかった
すごいと思うだけでわからなかった
じいちゃんは　病気だった
重い病気の前ぶれの病気だった
ばあちゃんは　東京へ遊びに行った
ぼくは　腹が立った
次の日
学校から帰るとじいちゃんは
しんどいと言って寝ていた
あのじいちゃんがしんどいと言って寝るとは
よっぽどのことだ
ぼくは泣きながら東京へ電話した
泣きながらばあちゃんに訴えた
「はやく帰ってきて……」

すぐ帰ってくるのかと思っていたら
ばあちゃんは　ぼくが泣きながらかけた
電話の３日後に帰ってきた
その３日間になんとか元気になったじいちゃんは
ぼくにカレーを作ってくれた
ぼくはカレーを食べながら
ばあちゃんを憎んでいた
ガチャ
ドアが開いた　ばあちゃんが帰ってきた
ぼくは「おかえり」も言わず　無視するつもりだった
それは　じいちゃんも同じだろうと思っていた
しかし
「おかえり」とじいちゃんは言った
ぼくは　すごいと思ったと同時に恥ずかしくなった
今になってわかったけど
やっぱりじいちゃんはすごい
ぼくは　この時「尊敬」ということを
学んだのだろうと思う

こんな大人に

幼い頃を思い出す
百円が大金だった頃だ
タンスのすきまから十円
その十円をにぎりしめ
駄菓子屋さんに行ったあの頃
今の僕はお金の価値を忘れそうだ
いつまでも十円を
落とさないようににぎりしめ
汗だくの手の中にある
十円の価値を忘れない
大人になりたいなぁ

君のこと

君のことを思いながらこの詩《うた》を書く
君の顔を思いながらこの詩《うた》を書く
君といると楽しい
君といるとホッとする
僕は君のことが大好きです

エターナルフリー

〝フリー〟
なんてステキな言葉
これに
〝エターナル〟
がつくんだからもっとステキ
〝エターナルフリー〟
でもね裏をかえすとコワイ言葉
刃物
ピストル
こわい薬
なんでもフリー
こわいでしょ
これにエターナルをつけてみよう
とってもこわいでしょ

でも大丈夫
この世界　フリーの中にも
規則がある
規則があって
それを守る人がいてこそ
ステキな言葉のフリーがある
それを守り続けることによって
とってもステキな
エターナルフリーが生まれる
これってちょっといい話でしょ

いんちきトーク

君のトークはいんちき
尊敬する君のトークはいんちき
でもこれ　なかなかつかえる
何度も何度も僕を救って
何度も何度も人を喜ばして
でも　いんちきだけれども
いんちきじゃないよ
本音もまじってこそ
はじめてつかえる
はじめて伝わる
これが本当のいんちきトークだ

試練

この世は試練がいっぱい
過酷な試練がいっぱい
人間だけじゃないぜ
犬も猫もその他の命あるもの全部さ
でもいいこと教えてあげよう
僕らに試練を与えるのは神様
神様は乗り越えられない試練は
与えないようにしてるんだって
安心した？　安心したでしょ
だからみんな頑張って
頑張って試練を楽しもう

距離

僕には恋人がいる
恋人との距離は近い
遠距離恋愛というものをしているが
恋人との距離は近い
遠いのは体の距離だけだ
恋人との距離は近い
恋人との心の距離は近い

夜の海

夜の海は静かだ
夜の海は恐い
風もとても冷たい
夜の海で考えることは
恋人とのこと
友人のこと
家族のこと
船がやってきた
外国の映画を観たせいか
鉄砲で撃たれるのではないか
と考えてしまう
夜の海は不思議だ
想像力を
観察力を
そして全ての感覚を
とても鋭くさせる
夜の海は静かだ
夜の海は恐い

恋愛

僕の好きな人は頑張ってる
僕と好きな人は少し離れている
僕の好きな人はとてもかわいい
僕の好きな人はあったかい
僕の好きな人の声を聞くとホッとする
僕はあの人が好き
僕はあの人を大切にしたい
でもたまにあの人を悲しませる
あの人ともやっぱりケンカする
ほとんど僕が悪い
僕の好きな人は強い
僕はあの人が好きだ
そしてあの人も僕が好き

財産

人にとって財産て何だろう？
お金？　友だち？　大切な人？
僕にとっての財産って何だろう？
僕はお金をもってないから
友だちかな？
それともたくさんの気持ちをこめた
詩《うた》もいいな
生きているうちに財産をつくろう
自分というものがどんなものだったのか
人にはゴミみたいなものでも
「これが自分の財産だ」って
胸を張って言える
財産ができたら
とても幸せな人生じゃないかな

昨日の夜にあったこと

昨日の夜にあったこと
僕は知らんぷりしてた
気付いていたのに
名前なしのメール
僕は知らんぷりしてた
君の気持ちも考えず
あれだけのことがあったのに

部屋

恋人は僕のベッドで
寝息をたてている
そのかすかな寝息が
何だか心地いい
テープレコーダーからは
僕の大好きな歌
それもとても心地いい
この空間にいるのが
とても幸せだ

雨

雨は降る
ちょっとしたきっかけで
雨が降る
僕の中で……
その雨の中で考える
独りで……
雨の中で考えるから
いい考えなどうかばない
うかぶのは悪いことばかりだ
ちょっとしたきっかけで
そのきっかけが僕はこわい
雨が降る
僕の中で……

机

慣れない机で勉強
慣れない机で本を読む
慣れない机でいねむり
目覚めてとても疲れていることに
気付く
この机でこの場所で
いったい何を学ぶのか

いつか必ず……

過去を知る
僕がいる
忘れさせると言う
わからないとつぶやく
一人じゃないんだ
僕がいる
忘れさせてみせる
わからないとつぶやく
いつか必ず忘れさせてあげる
必ずそうする
だって僕がいるから

夜の街

夜の街を見る
高い所から見る
僕の目の前で１００万ドルの夜景が
ゆらゆら揺れてる
夜の街は生きてる
ついたり　消えたり
消えたり　ついたり
夜の街は生きてる
夜の街の呼吸は
ダイヤモンドよりも美しい

笑う看護婦

看護婦は知らない
若者も知らない
もちろん僕も……
老いるということを……

いいわけ

行きたくないから
いいわけを探す……
残りわずか３０分
その３０分でいいわけを……
思いつかないから
やっぱり行こう

テレビの中のシャボン玉

テレビの中で
シャボン玉が飛んでいる
フワァー　フワァー
何か考えようと思った
ふわぁー　ふわぁー
シャボン玉を見ながら何かを……
フワァー　ふわぁー　パッ
考えているうちに消えた
なんだか悲しくなった

母親

優しくって
あたたかい
そして
何よりも
強い
そして
何よりも
強い
そして
何よりも
強い
優しくって　あたたかい
そして
何よりも
強い

ヤキソバ

インスタントヤキソバを
食べようと思った
何だかためらった
食べるのをやめた
また食べようと思った
今度はためらわずに
ビニールをやぶった

冬の鉄

冬の車
冬のドアノブ
冬の自動販売機のコイン投入口
最低だ
冬になると
とても冷たくて
その上触ると
小さい電気を発しやがる
バカだ
とても痛い
そして
不愉快だ
冬の鉄
パチッ　パチッ　パチッ
電気を発するのだけはやめてくれ

ありがとう

普段は当たり前だと思ってました
助けてもらうのも当たり前
あいまをぬっての
楽しいおしゃべり
それも全て当たり前
でも今日思いました
あなたの昔の写真を見て
若いあなたの写真を見て
去る人を送るあなたを見て
今度は僕らが送る番
とてもさみしいけど
これだけはあなたに伝えたい
ありがとう

プロのお仕事

感動して
いつのまにか
お金を払っている
これがプロのお仕事

母と息子

息子は何げなく上を見上げました
すると母が上から手をふっていました
息子は思い出しました
小学校一年生の頃　学校に行く前には必ず
母が上から手をふってくれていました
その時は息子がさみしくて手をふってくれと
頼んだからでした
しかし　息子が大学生になり親元を離れて
暮らしはじめ　帰郷してまた
一人暮らしの家に戻る時
母はさみしかったのでしょう
あの時とは逆で
今度は逆の気持ちで母が手をふっています
歯ブラシをくわえたままで……
息子は切なくなりました
そして母を大切にしなければと思ったとさ

夢

夢を叶える為
人はいろんなものを犠牲にする
時間
お金
友だち
時には
一番大好きなひとでさえ
犠牲にする
犠牲にできる
そうまでして叶える夢って
どんなものかなぁ

がんばらなくていい

がんばります
この言葉はまちがってる
自分なりにがんばっています
これもまちがい
人から認めてもらわないと
がんばってることにはならない
人から認めてもらう
これってとても難しい
だからがんばらなくていい
楽しんだらいい
楽しんでやってたら
自然にがんばるようになる
だからまず楽しもう
がんばらなくていいから……

本当の芸術

下手でもいい
がむしゃらにでもいい
必死にそれについて
伝えようとすること
一生けんめい創りあげること
そしてそれを行う人こそが
本当の芸術ではないのか

時間《とき》

どんなにつらい事も
時間《とき》が笑い話にしてくれる
時間《とき》って奴はすごいな
でも……
絶対忘れてはならない罪《こと》
絶対忘れたくない人
これらも時間《とき》がうすれさせる
日常で忘れている時もある
うっかりと忘れている
全く時間って奴は……

四季色

夏の色はなんといっても
ブルーだ
青い海　青い空　青い車でドライヴ
秋はオレンヂ
紅葉がはらはらと
コーヒーカップの中に落ちる
風情なものだ
冬はシロ
住みなれた街の銀世界にうっとり
春はピンク
桃色の桜の花びらが
ひらひら舞う
その中でこれからの新しい出逢いに
わくわく
あーっ四季って楽しい

あいつ

あいつは嫌な奴だ
むかつくことがしょっちゅうだ
しかもおもしろくない
なぐってやろうか
けとばしてやろうか
シカトしてしまおうか
何度考えたことかわからない
あいつは少しかわいらしい
感謝することもある
もしあいつが本当に
いなくなったらとてもさみしい
そんなわけでやっぱり
あいつのことが好きだ

行動せよ

何かやってみたい
そう思ったら行動せよ
考えるだけでもよいのだ
それも行動だ
考えついたら実行だ
考えてるだけじゃダメなのだ
行動せよ
迷ってるなら
まず行動せよ
必ず何かあるのだ

大人気ドラマ

大人気ドラマの
最終回の
再放送の
最後のシーン
やっぱり感動した

夜の気分

夜は気分が盛りあがる
いつもなら言えないけど
気になるあの娘に
今なら言えそう
……な気がする
練習してみたりもする
一人で……
それくらい気分が盛りあがる
それなのに朝になったら
すっかり冷静
昨夜の自分を思い出して
照れちゃってみたりする
そしてまた夜になったら……
夜って不思議だな

部屋 II

元恋人がじゅうたんの上で
苦しそうな寝息を立てている
ＣＤデッキからは悲しいメロディー
この空間にいたいけど
今の僕にはつらすぎる

才能の限界

人にはそれぞれ才能があるんだ
「才能に限界を感じた」って
言う人がたまにいるけど
才能に限界はないと思うよ
だって毎日生きてるじゃない
毎日生きて　いろんなものを
見て　いろんな人と話して
いろんなものを感じて
いろんなことを吸収して
それを才能にいかせたら限界は
ないでしょう
死なない限り才能に限界はないよ
いや本当

それは僕が決めること

悪い噂を聞いた
でも僕は信じてる
あくまで噂だ
信じる　信じない
それは僕が決めること
友人はやめろと言う
でも　僕はやめない
こればっかりはやめられない
やるか　やめるか
それは僕が決めること
やめると決めても
当分やめられない
人を好きになるって
こういうものでしょ

消去しますか?

消去しますか?
Yes
No
Yesを押した

駆け引き

好きな人の番号を消した
好きな人が好きだから消した
好きな人は彼を選んだ
とてもつらい事だと思った
でも僕はあきらめられない
だから番号を消した
毎日のように電話をかけていた
声が聞きたくて仕方なかった
今までに色んな
駆け引きがあったけど
最後の賭けにでた
電話がかけられない
これが僕の最後の賭け

穴

彼女の耳には穴があいている
右耳に二つ
左耳に一つ
全部で三つだ
あける時　とっても痛かったと
言っていた
そうまでしてあけた穴
その向こうには何が見えるのか
のぞいてみたい

IIWAKE

そうまでして我慢することないと
思った
他にもあるじゃないか
やりたいこともあるし
最初は　あたらずさわらずで
いこうと思った
機嫌をとろうともしなかったし
そこねようともしなかった
余計なことも言わず　ただ黙々と……
しかし　僕は知ってしまった
ただそれだけのこと
でもその〝ただそれだけ〟が
我慢できなかった
だからバイトをやめた

僕って今……

すごい発見
大発見
もしかして今
僕って今
世界で一つしかない物を
創っているんじゃないか？

なぜ……

なぜ命をとろうとする?
お前にそんな権利はない
もちろんお前の命をとる
権利も誰も持ってない
何を迷っている
何を悩んでいる
なぜ話さない
なぜ訴えない
なぜ聞いてやらない
なぜ答えてやらない
その挙句　人が傷付く
一生が　これからの一生が……
ダメになってしまう
もったいない
なぜ……

うかれる男

まぁ　話は聞いてやるぜ
うかれる男よ
よかったじゃないか
うかれる男よ
全くよぉ　うかれる男の
話は長いぜ
正直言って　つかれるぜ
まぁ　いいってことよ
俺もあの娘のことを
話したら
うかれる男だ
さぁ　話せ
もっと話せよ
うかれる男

顔

あなたの顔が見たい
あなたの笑顔が見たい
手と手をつないで歩きたい
あなたの顔が見たい
怒った顔も見てみたい
あなたの顔が見たい
悲しい顔も見てみたい
そんな時にはそばにいたい
そして笑顔にかえてみたい
あなたの顔が見たい
色っぽい顔がとても見たい
そしてぎゅっと抱きしめたい
あなたの顔が見たい
いろんな顔が見たい
そんなあなたにまた逢いたい

写真屋のアルバイト

写真屋でアルバイトをしている
人の写真を見ることができる
カップルはとても楽しげに
おばさんは　なんか踊ってたり
おじさんは　車の前でスマイル
おじいさんは　孫の成長ぶりを
おばあさんは　旅の思い出
新婚夫婦の仲むつまじい姿
生まれたばかりの赤んぼう
みんなで笑っている家族
とても楽しそうに写っている
みんなどんな人生を送っているの
ちょっと考えてみたりします

たまにはね

失敗しても
たまにはね
自分をほめてあげよう
ごほうびをあげてみよう
失敗したっていいじゃないか
泣いたっていいじゃないか
仕方ないってあきらめるより
いいんじゃないか?
失敗した自分を
ほめてあげられる君は
いつかきっと成功する
だから……
たまにはね

学校

君たちは商品です
私たちは君たちを
商品として
よい商品として
送り出す義務があります
君たちは商品です
今のところはただの商品です
これからの生活でどうかわるか
よい商品にかえるのが
私たちの義務です
さぁ　社会へ旅立ちなさい
君たちは商品です
さぁ　社会の役に立ちなさい
よい商品を送り出すのが
私たちの義務なのだから……

白黒写真

二つ並んだ
黒ぶちの白黒写真
二つとも自然な笑顔だ
とてもよい笑顔だ
こんなにいい顔をしてるのに
もうこの二人は
この世にはいない……
こんなにいい顔のできる人が
世の中から二人とも減ってしまった
とても悲しいことだと思う
これからは僕らが
この人達に負けない様に
いい顔する番でしょう

色男

今日は晴れです
昨日は雨でした
おとついは忘れました
もちろんその前のことも
おぼえてはいません
天気のこともおぼえてないのに
その日に抱いた女の顔なんて
おぼえているわけがないでしょう

かこむ

寒い夜に
心の許せる人と
食卓をかこむ
うーん　しあわせ

女

かまいすぎると
うっとうしがる
放っときすぎると
さみしがる
うーん　女って
むずかしい

書く

書く　書く
ひたすら書く
残す　残す
たくさん残す
なぜ書くのか
なぜ残すのか
わからない
わからないから
書く
たぶん気がすむまで
書く
残す
まだまだ気がすみそうにない
書く
残す

笑顔

もう泣かないで
あなたを必要としている人は
必ずいるから
必要とされない人なんて
絶対いないんですよ
だから笑って
ほら　僕はあなたの笑顔を
必要としています

永遠のテーマ

今も昔も大変だね
男と女
古典を勉強中
昔の恋愛を勉強中
車に電話　パソコンにインターネット
めまぐるしい程の科学の進歩
なのに進歩しないね
男と女
時代や流行どんどん変わっていくのにね
でも変わらないからこそ
男と女
永遠のテーマなんかね

超能力

ほーら
あったまってきた?
あったまってきたでしょ?
君の冷えた心が
ジワジワとあったまってきたでしょ?
どう?
これが僕の力

先生

たいくつな授業
めんどくさい
おもしろい話でもして
笑わせて
楽しませて
期待裏切らないで
ねぇ　先生

あと一打席

少しつかれた
がんばりすぎかな
ねむれないし
体　こわしそう
でも　やらなきゃ
一発逆転
ホームラン
打つから
あと一打席のバッター
打てなきゃ引退だ

ドライヴ

発車オーライ
走るぜ
どこまでも
僕と君を乗せて
走るぜ
どこまでも
行先なんて
わからないぜ
目的地なんて
知らないぜ
でもその方がいいんだ
決めてしまったら
待たなきゃならんからな

頼

俺がいなくても
何とかするだろ
俺が知らないうちに
どんどん話が進んでる
そしてどっちに転んでも
うまいことやるんだって
そんなもんだろ

なかなか恋人ができない人へ

好きな人がたくさんいる時
気が多い時は
なかなか恋人はできないよ
やっぱ一人にしぼらなきゃ
だってみんな同じじゃ
だめみたいだからね

ZEITAKU

暑い
冬なのに暑い
とっても贅沢な悩み
暑い
冬なのに
日本の冬なのに
この室内は暑い
そう　とっても贅沢な悩み

おなかがすく

人間はおなかがすく
きれいな花を見て
心が和んでも
おなかがすく
本を読んで
感動しても
おなかがすく
大好きな人に
君以外何もいらないとか
あまい言葉をささやいたとしても
やっぱ　おなかがすくんだね
そう考えると
なんか　おもしろくない?

とりあえず

大人になるにつれて
とりあえずでいいが多くなってきた
とりあえず　ありがとう
とりあえず　ごめんなさい
とりあえず　連絡して
とりあえず　好きです
とりあえず　ＳＥＸしとけ
とりあえず　できちゃった
とりあえず　結婚します
とりあえず　とりあえずって
とりあえずってなんじゃらほい

ためいき

ためいきなんかしたら
幸せが逃げるよ
と君が言う
そりゃ　嘘だ
僕は思う
だってためいきをしたところで
今もこうして君と二人で……

考え

みんなきちんと考えてる
とぼけてるだけだよ
絶対きちんと考えてるはず
悩むことだってあるよ
でもみんな絶対逃げない
勇敢に立ち向かう
負けることもある
倒れそうにもなる
しかし　最終的なところで
負けないいし　倒れたりはしない
うーん　かっこいいなぁ
何がって？
わからんの？
教えんんね

どんなもん?

カタイこと言うなって
ラクに行こうぜ
そんな　こむずかしいもんじゃないって
ボチボチやろうぜ
こんな感じでやったら
うまくいくのかなぁ……

今日のところは

話がしたい
逢いたい
でも今日のところは
期待してたらごめん
わけはないけど
僕が勝手に我慢する
今日のところは
何もないけど
カンベンしてね

笑っとけ

オッケ　笑っとけ
なんでもええわい
俺も
お前も
笑っとけ
そして　もちろん
みなさんもね

どっちがいい？

少しずつ小出しにするのと
一ぺんに全部大放出
どっちがいい？

たくさん

もっと　みたい
もっと　みせて
もっと　知りたい
もっと　聞かせて
もっと　もっと
もっと　感じさせてよ
君の存在をさぁ

理想の生活

ねむれません
こんな生活
夢みたい
ねむれないのに
夢みたい
ねむりすぎて
ねむれない
エネルギーは満タン
さぁ　何をしようか
明日も休みだし
さぁ　何をして遊ぼうか
楽しいなぁ
ずっとこんなんいいなぁ

テレパシー

本当にあるなら
届けテレパシー
あの人へ
届けテレパシー
この想い
届けテレパシー
蛍光灯に手をかざす
届けテレパシー
本当にあるのなら
伝わったはずだ
テレパシーで
届いたはずだ
明日がちょっと楽しみになった

左利き

右利き社会だと?
いばるな右利き
今日テレビで
左利きは天才気質で
なんでもこなすと
言っとったぞ
どーだ
まいったか
ハッ　ハッ　ハッ

つながり

かわいい後輩との
メールのやりとり
なかなかおもろい

アドバイスとオリジナル

アドバイスは絶対聞いとけ
でも絶対そのまんますんな
やっぱ最後はオリジナル
じゃないとのびない

バッティング

カキーンと
白球を打つ
きもちいい――

死

死ぬって　どんなんかなぁ？
なんでも教えてくれた
じいちゃんも教えてくれん
ばぁちゃんも教えてくれん
だって二人とも経験したから
こればっかは自分で経験せんと
こわいなぁ
苦しんで死にたくないなぁ

大往生

家のふとんで
利き手の左手には
愛する妻の手
文字を書いたりした右手には
かわいい子どもの手
足もとには
目に入れても痛くない孫たち
あー　眠い
少し眠ろうか……

君に

君に告げたい
伝わるかな
この想い
君に触れたい
感じるかな
僕の存在を
ほらほらこっち向いて
僕の瞳を見て
１　２　３　ハイ
やっと逢えたね……

歩く

僕はどこまで歩けるのか
楽しいことばかりじゃない
苦しいこともあるだろう
負けずに歩けるだろうか
そして宝物を手にできるだろうか
どんなものでもいいんだ
そう　どんなものでも
形が無くてもいいんだ
キラキラしてなくたってかまわない
とってもステキな宝物
それを手に入れるまで
歩く

魔法の箱

魔法の箱よ
僕を助けて
もうお前だけが頼り
魔法の箱よ
僕を助けて
ねむりっぱなしのお前の電源
入れるから

旅はよい

旅はよいぞぉ
出るべきだよ　絶対
だって仕事があるし
そんなこと言ってるお前
出世しないぞそんなことじゃあ
恋人を置いてはいけない
恋人が行かせてくれない
別れてしまえそんなもの
つらい別れがあってこそ
旅がひきたつのだ
もしかしたら旅先で
美女と出逢って……
ウフフってなことになるかもしれない

おっと　嫌な顔しちゃダメだ
これも旅の醍醐味だ

旅はよいぞぉ
目的なんかなくてもいい
とりあえず出てしまえばいい
いろんな物がつまってる
旅はよいぞぉ
人生のおもちゃ箱だ
旅はよいぞぉ
何が起こるかわからない
ワクワク　ドキドキ
う――っ　絶対出るべき
そんなわけで
旅はよいぞぉ

ノートとペン

明るく振る舞う
いつでも元気に
そして積極的
でも少しのことでへこむ
考える
悩む
一人で悩む
人の気付かない所まで
気付いて怒る
考える
悩む
一人でノートとペンに
それをぶつける
読み返してためいき
でも顔は笑っている

ノートとペンは裏切らない
いつでも僕の話を聞いてくれる
一番の友達
一番の理解者
そいつらと付き合っている時
なんだかやすらぐ
だから顔は自然と笑顔
ニヤケ顔　満足度は最高
ノートとペンよ
これからも仲良くして
僕の話を聞いて
君達がいるから僕は
明るく振る舞え
いつでも元気だ
そして積極的……　なんだよ

思い出の静電気

母さんが病気になった時
母さんが死ぬかもしれない
病気になった時
冬だった
病院で母さんの上着を
受けとった時
パチッ
電気が走った
「イタッ」
二人で言った
これからも二人で
この痛みを感じていきたい
と思った

問う

僕の命　君の命
さぁ　どっちが重いでしょう?

なんかいじわる

嫌われたいの?
いじわるばっかして
嫌われたくないよ
でも　なんかいじわる
楽しいんだ
ごめんね

あははは

笑おうよ
大きい口あけて
一番のぜいたく
笑えるってさ
ほらほら
あははは

ふとん

この上で生まれ
この上で死ぬ
この上で愛しさを知り
この上で快感を知る
傷ついた夜には
この上で涙を流そう
つかれたのならば
この上で休もう
恋をしたら
この上であの娘を想う
想いが届いた日は
この上で恋が愛に変わる
そしたらこの上で永遠の約束を
そしてこの上で川の字
川の字が一本ずつ減っていき
やがて　なにもなくなる
この上で生まれ
この上で生き
この上で経験し
そして　この上で死ぬ

最後まで
読んでくれて
ありがとうございました

竹村　唯

著者プロフィール
竹村　唯（たけむら ただし）
1979年7月8日生まれ
広島県出身　O型

いんちきトーク

2002年7月15日　初版第1刷発行

著　者　竹村 唯
発行者　瓜谷 綱延
発行所　株式会社文芸社
〒160-0022　東京都新宿区新宿1－10－1
電話03-5369-3060（編集）
03-5369-2299（販売）
振替00190-8-728265

印刷所　株式会社平河工業社

ISBN4-8355-3784-X C0092